우리 봉그깅 할래?

삶과 사람이 아름다운 이야기

우리 봉그깅 할래?

박소영 글 | 배민호 그림 | 변수빈 감수

1판 1쇄 펴낸날 2024년 10월 25일
펴낸이 강경태 | 펴낸곳 (주)베틀북 | 등록번호 제16-1516호 | 제조국 대한민국 | 대상연령 8세 이상
주소 서울시 강남구 테헤란로86길 14 윤천빌딩 6층 (우)06179 | 전화 (02)3450-4151 | 팩스 (02)3450-4010

© 박소영, 배민호, 변수빈 2024

이 책의 저작권은 저작권자와 독점 계약한 베틀북에 있습니다.
저작권법에 의해 한국 내에서 보호를 받는 저작물이므로 무단 전재와 무단 복제를 금합니다.

ISBN 979-11-93375-14-3 73810

우리 붕그깅 할래?

박소영 글 | 배민호 그림 | 디프다 제주 변수빈 감수

베틀·북
BETTER BOOKS

| 차례 |

프롤로그 _ 고래 별자리 --- 7

1. 3분 30초 --- 13

2. 꿈의 바다 --- 22

3. 수빈 이모 --- 31

4. 붕그긩 --- 41

5. 태풍 --- 52

6. 바당 할망 --- 63

7. 다시 봉그깅 --- 72

봉그깅을 왜 할까요? --- 80

작가의 말 --- 82

추천하는 말 --- 84

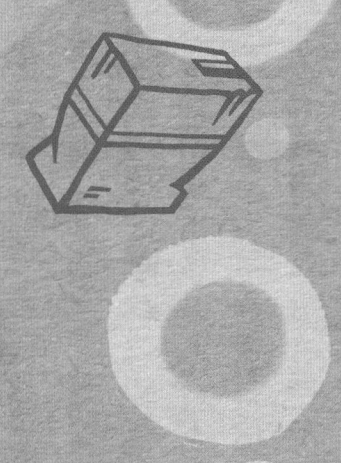

| 프롤로그 |

고래 별자리

깜깜한 겨울밤, 절벽 위에서 불어오는 바닷바람은 제법 차가웠다. 그러나 깊은 물속에서도 인어처럼 헤엄쳐 왔던 사람들에게 이 정도 추위는 아무것도 아니었다.

"자, 그럼 모두 조명을 꺼 볼까?"

리더인 수빈이 말했다. 언제나 밝고 씩씩한 수빈의 목소리가 어쩐지 설렘으로 떨리는 듯했다. 함께 모인 일곱 명의 사람들은 손전등과 캠핑용 램프, 휴대폰 조명을 일제히 껐다. 갑자기 짙은 어둠이 모두를 덮쳤다. 도시에서는 감히 상상도 못할 정도의 강하고 거친 어둠이었다.

불안함과 공포심도 잠시. 조금씩 어둠이 눈에 익었고, 청각과 후각 등 온몸의 다른 감각들이 깨어나는 것 같았다.

그때 누군가가 소리쳤다.

"하늘 좀 봐!"

천천히 구름이 걷히자 모두의 입에서 작은 탄성이 나왔다. 쏟아

질 것 같은 별빛이 눈앞에 펼쳐졌기 때문이다. 모두 아무 말 없이 한참 동안 하늘을 올려다보았다. 각자의 우주를 유영(물속에서 헤엄치며 노는 것)하는 상상을 하면서.

이 밤, 빛 공해가 없는 바다 절벽을 찾아온 이유는 단 하나였다. 별을 보기 위해서.

"저게 목성이지?"

"북극성이다!"

"큰곰자리가 보여."

사람들은 손을 뻗어 별들을 연결하며 아는 별자리에 대한 이야기를 두런두런 나누기도 했다. 수빈도 책에서 봤던 별들을 눈으로 좇기 바빴다.

"저쪽에 있는 별들이 고래 별자리일까?"

"맞아요. 바다의 신 포세이돈이 바다 괴물을 하늘로 올려 보냈다는 전설이 있죠."

옆에 앉은 수빈의 후배가 이야기를 들려주었다.

후배의 이야기를 들으며 수빈은 전설과는 달리 머나먼 우주를 헤엄치는 거대한 한 마리 고래를 떠올렸다. 까만 허공을 조용히 헤치며 숨을 고르는 고래.

포유류인 고래는 일반 물고기와 달리 물속에서 숨을 쉴 수 없다. 호흡을 위해 한 번씩 물 밖으로 올라와야 한다. 그러나 고래는 숨 쉴 수 없는 물속을 답답해하거나 두려워하지 않는다. 스스로 호흡을 다스리고 침잠(물속 깊숙이 가라앉거나 숨음)하는 법을 알기 때문일까.

수빈은 고래처럼 헤엄치고 싶었다. 우주처럼 깨끗하고 까만 바다에서 생명의 모든 것을 느끼며 말이다.

고래의 거대한 꼬리 부분 별이 유난히 밝게 빛났다.

'저 별은 얼마나 먼 곳에서 자신을 태워 빛을 보내는 것일까.'

후배는 말을 이었다.

"꼬리 부분의 밝은 별 보이죠? '디프다'라는 별이에요."

"디프다……."

수빈은 가만히 별의 이름을 되뇌었다. 멀리 절벽을 때리는 파도 소리가 들렸다.

기쁘다. 아프다.

수빈이 바다를 떠올릴 때마다 들었던 감정들이었다.

수빈과 함께 모인 사람들은 직업도 성격도 다 달랐다. 그러나 모두 바다를 사랑하는 사람들이었다. 그 공통점으로 만나 이야기를 나누고, 바다에서 함께 놀기도 했다. 바다와 함께하면 할수록 바다가 아프다는 사실을 모른 척할 수 없었다.

"디프다, 디프다……."

수빈은 다시 가만히 별의 이름을 불러 보았다. 바다가 들려주는 비밀의 주문처럼 느껴졌다.

'우리가 바다를 위해서 무언가 할 수 있을까?'

수빈의 길고 까만 머리가 바닷바람이 부는 대로 휘날리고 있었다.

1. 3분 30초

풍덩, 한 마리 오리처럼 지안은 얼굴부터 물속으로 들이밀었다.

'하나,

둘,

셋,

넷,

다섯, 여섯…….'

지안은 마음속으로 아주 천천히 숫자를 세어 보았다.

언제까지 셀 수 있을까?

조금 무섭다는 생각을 하는 순간, 두근두근 심장 박동 소리가 울려 퍼지는 것 같았다. 하지만 지안은 다시 숫자를 셌다.

'일곱, 여덟, 아홉…… 다시 하나, 둘…….'

숫자에 집중하자 뻣뻣했던 근육이 금세 사르르 풀리는 것 같았다. 지안은 용기를 내어 몸을 더 아래로 움직였다. 언뜻 두려움이 떠올랐지만 다시 마음을 내려놓았다.

'생각을 하지 말자. 나에겐 아직도 충분한 산소가 있다.'

무작정 물에 뛰어든 것이 아니었다. 오늘을 위해 오랫동안 명상하며 호흡을 연습했고, 평소에 운동도 열심히 했다. 그러니 충분히 할 수 있다.

그러나 이런 생각조차 산소를 쓰는 것 같아 뇌를 잠시 쉬게 해 주기로 마음먹었다. 떠오르는 모든 생각을 지우개로 지우듯 슥슥 닦아 내고 멍한 상태로 물을 바라보았다.

푸른 잠수풀에서 넘실거리는 물이 따뜻하고 편안하게 느껴졌다. 심장은 더 느리게 뛰었고, 지안은 더 아래로 들어갔다. 이번엔 천천히 다리를 움직여 보았다. 핀(물속에서 사람 발에 끼는, 오리의 발처럼 생긴 물건으로 오리발이라고도 함)이 흔들릴 때마다 넘실거리는 빛이 몸을 따뜻하게 안아 주었다.

'편안해…….'

그 순간 지안은 고래가 되었다. 푸르스름한 회색이 도는 작고 울퉁불퉁한 고래였다. 고래는 두리번거리며 주변을 둘러보았다. 여전히 푸른 물만 가득할 뿐 아무것도 보이지 않았다. 하지만 고래는 느끼고 있었다. 혼자가 아니라는 사실을.

고래는 지느러미를 움직이며 어두운 심해 속으로 점점 가라앉았다. 바다에서는 그 누구도 외로울 수 없었다. 지금 보이지 않을 뿐 수많은 생명들이 함께 있기 때문이다.

바닥에는 산호와 물풀이 자라고 있을 것이다. 다시마와 말미잘, 지상의 숲 못지않게 빼곡한 바다 숲에는 문어가 몸을 숨기고 물고기들이 알을 낳는다. 거북은 빠르게 몸을 움직이고, 반짝이는 햇살처럼 보이지 않는 플랑크톤이 풍요롭게 퍼져 있을 것이다. 어디선가 해파리가 넘실거리며 춤을 추는 게 분명했다. 그때마다 흔들리는 물살이 고래의 뺨을 기분 좋게 간질여 주었다.

고래의 얼굴에 미소가 번졌다. 흥이 올라 제자리에서 한 바퀴 돈 다음 조금 더 빠르게 물살을 헤쳤고, 조금이라도 더 부드러운 물결을 느끼기 위해 몸을 최대한 쭉 뻗었다. 부드러운 물살은 포근하고 안정적이면서도 역동적이었다.

바닷속에서 여유롭게 유영하던 고래는 숨을 쉬러 다시 수면 위로 올라갔다. 차가운 공기가 얼굴을 스쳤다.

"괜찮아? 유지안, 호흡해! 호흡하라고."

멀리서 목소리가 들리자 지안은 '푸후' 하고 스노클 마스크(강이나 바다 같은 물에 잠수할 때 쓰는 마스크)를 벗었다.

"성공이야! 3분 30초다."

프리 다이빙(호흡기 없이 무호흡 상태로 잠수하는 방식의 수중 스포츠) 강사님이었다. 기쁨에 넘친 목소리가 물기에 젖어 왕왕 울렸다.

"3분 30초요?"

"그래, 귀는 괜찮니?"

"네!"

3분 30초. 프리 다이빙을 시작한 이후 최고 기록이었다. 그 긴 시간 동안 숨을 참고 수심 5미터 깊은 물속을 유영하다니.

지안은 가쁜 숨을 들이켰다.

무엇보다 내가 고래가 되다니. 이 기분을 평생 잊지 못할 것 같다.

지안은 두리번거리며 엄마를 찾았다. 잠수풀 너머 창문을 통해 이 모습을 지켜보고 있던 엄마는 엄지손가락을 척 올려 보였다. 지안보다 훨씬 더 벅찬 얼굴이었다.

옷을 갈아입고 나오자 엄마와 강사님이 이야기를 나누고 있었다.

"지안아!"

엄마는 눈가가 촉촉해져 아이처럼 들뜬 얼굴이었다. 강사님에게 뭔가 좋은 소식을 들은 모양이었다. 지안은 강사님에게 꾸벅 인사를 하고 엄마를 바라보았다. 엄마는 또다시 그 환한 미소를 보여 주었다.

주차장에 도착한 지안이 조수석에 앉아 안전띠를 매는데 엄마가 자동차에 시동을 걸며 말했다.

"강사님이 정말 놀라셨대. 이렇게 빠르게 배우는 주니어는 몇 없다고 하시더라."

"아, 그래?"

지안은 들뜨지 않으려고 짐짓 무심한 척을 했다.

"응. 이 정도면 전문 다이버들의 도움을 받아서 실제 바다에서 실습해도 될 거래."

"와아, 정말?"

'바다'라는 말을 듣자마자 평정심을 잃어버렸다. 조금 전 고래가 되어 만났던 바다는 눈물 나게 아름다웠기 때문이다.

바다에서 실제로 수영을 할 수 있다고? 꿈만 같았다. 심장이 콩닥콩닥 뛰었다.

자동차는 미끄러지듯 지하 주차장을 빠져나왔다. 엄마는 정면에 눈을 고정하고 부끄러운 듯 조심조심 말했다.

"무엇보다 엄마는, 네가 다시 밝아져서…… 그게 너무 감사해."

지상으로 나오니 햇살이 눈부셨다. 지안은 미간을 약간 찡그린 채 새파란 하늘을 바라보았다.

내가 힘들어하는 동안 엄마가 겪었을 마음고생은 어땠을까. 이제 13살인 지안이 감히 상상조차 할 수 없겠지. '엄마 미안해, 기다려 줘서 고마워.' 이런 말들은 목구멍에서 차마 밖으로 나오지 못했다. 대신 지안은 다른 이야기를 꺼냈다.

"엄마, 있잖아, 아까 나 잠수풀에서 잠깐이었지만 고래가 되었어."

"고래?"

엄마는 눈을 동그랗게 뜨고 지안을 잠깐 쳐다봤다.

"응. 고래가 된 것 같은 느낌이 아니라 정말 고래가 된 거야. 너무 편안하고 행복하더라고."

엄마는 무슨 뚱딴지같은 소리냐고 묻지 않았다. 한참을 말없이 운전에 집중하더니 조심스럽게 물었다.

"우리 정말 바다에 가서 살까?"

"바다?"

"응. 아빠랑 알아봤어. 제주도에서 한 달 정도 지낼 수 있대. 아빠 회사에서 어느 정도 허가가 났거든. 지안이, 네 학교에다 이야기만

해 놓으면……."

"응! 제주도 갈래!"

망설일 이유가 없었다. 바다의 향기를 맡을 수 있다면 숨통이 트일 것 같았다. 엄마는 못 말린다는 듯 고개를 저었다.

사실 못 말리는 건 지안이 아니라 엄마였다. 지안이를 위해서라면 누구보다 강한 추진력으로 당장이라도 제주도로 향할 테니까. 엄마, 아빠는 그럴 사람들이었다.

2. 꿈의 바다

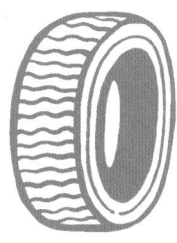

"유지안, 파이팅!"

"와아아!"

아직도 눈을 감으면 함성과 박수갈채가 들리는 것 같았다. 지안은 주목받는 주니어 태권도 선수였다. 4학년 때 이미 세계태권도한마당에서 주니어 태권 체조 은메달을 거머쥔 주목받는 인재.

한동안 지안은 태권도를 위해 살았다. 대회를 앞두고 체력 훈련과 연습이 이어졌고, 어려운 동작을 막힘없이 수행했을 때의 환희에 익숙해졌다. 5학년 때에는 유명 인사가 되어 방송에도 몇 차례 나가기까지 했다. 수많은 카메라 앞에서 절도 있게 품새 시범을 보이는 지안을 엄마, 아빠는 자랑스러운 눈으로 바라보았다. 마이크에 대고 "제 꿈은 국가대표 태권도 선수가 되는 거예요."라고 말하던 여자아이를 어른들은 대견하고 사랑스럽게 생각했다.

그랬다. 지안은 어디에서나 빛나는 아이였다. 유연하고 빠른 몸놀림만큼 생각과 사고도 빨랐다. 모든 일에 다 자신 있었다. 특히 몸으로 하는 일은 전부 다.

하지만 그날의 사고 이후 모든 것이 바뀌었다.

화창한 봄날 자전거를 타고 학교로 가던 길, 골목길에서 과속하던 자동차와 부딪힌 지안은 잠시 정신을 잃었다. 깨어났을 땐 병원이었고, 오른쪽 어깨에 심한 통증이 느껴졌다.

하지만 처음에는 별 생각이 없었다. '아직 어리니까 좀 있으면 낫겠지.' '이만한 게 정말 다행이다.'라는 어른들의 말에 크게 부정하지 않았다.

그러나 오랜 시간 재활을 받아도 다시 예전처럼 운동할 수는 없었다. 무리하게 어깨와 팔을 쓸 수 없었다. 격파도 위험했고, 겨루기도 조심해야 했다. 아무래도 태권도는 어려울 것 같다는 게 의사 선생님의 의견이었다.

그때 지안은 고작 12살이었다. 절망은 지안을 완전히 무너뜨렸

다. 몸이 완전히 회복된 후에도 예전처럼 웃을 수 없었다. 끔찍한 날들이었다. 먹을 수도 잠을 잘 수도 없었다.

사람들이 어떻게 생각할까. 친구들은 비웃겠지. 다시 꿈이라는 걸 꿀 수 있을까.

안타까운 마음에 다가오던 친구들의 도움도 뿌리치곤 했다. 이렇게 지안이는 철저하게 외톨이가 되었다.

안 그래도 힘든 사춘기의 터널이 조금씩 끝나 간다고 느낀 건 올해 초부터였다.

올해 초, 수영은 뼈에 무리가 가지 않는다며 아빠가 권한 운동이 바로 프리 다이빙이었다. 말 그대로 공기통 없이 깊은 물속에 잠수하는 스포츠였다. '과연 물에 적응할 수 있을까?' 하는 걱정은 기우에 불과했다. 지안은 강사님이 알려 주는 진도에 따라 조금씩 숨을 참는 법을 배웠고, 귀의 압력을 맞춰 주는 이퀄라이징을 배웠다.

숨을 못 쉰다는 공포, 귀에 이상이 생길지도 모른다는 걱정도 한 단계 한 단계 배워 나가면서 편안해졌다. 그리고 이제 바다를 생각하면 언제 힘든 시간이 있었냐는 듯 기분이 몽글몽글해졌다.

'제주도 한달살이'를 준비하면서 지안의 가족은 오랜만에 생기를 되찾았다. 엄마, 아빠는 집을 알아보고 살림을 챙기는 틈틈이 지안이 읽을 수 있게 제주에 관한 책을 찾아 주었다.

지안은 인터넷이나 온라인 동영상 서비스에서 제주 해녀에 대한 영상을 찾아보곤 했다. 할머니 해녀들이 푸른 바닷속을 유영하는 모습을 보는 것만으로도 위안이 되었다. 푸른 바다와 동그랗고 예쁜 오름('산'의 제주도 사투리)을 보는 게 좋았다. 도시에서 나고 자란 지안이지만 어쩐지 제주가 고향처럼 느껴졌다.

물소리와 숨비 소리(해녀가 잠수했다가 물 위로 올라 숨을 내뱉을 때 나는 소리)가 이렇게 편안할 줄이야.

바다가 지안을 기다리고 있었다.

새벽에 비행기에서 본 제주 바다는 잔잔하고 아름다웠다.

지안의 가족은 제주 서쪽 지역에 깔끔하고 예쁜 숙소를 구했다. 며칠 동안은 맛집도 가고 카페도 다니면서 편안한 시간을 보내며 제주의 봄을 만끽했다.

그리고 드디어 기다리던 바다 다이빙 날! 지안이 가족은 이른 아침 약속 장소인 바닷가로 향했다.

"네가 지안이구나. 강사님한테 얘기 들었어."

차에서 내린 아저씨와 네다섯 명의 버디(물에 함께 들어가는 사람)들이 환하게 인사를 해 주었다. 수염을 기른 남자들과 긴 머리를 질끈 묶은 여자들은 미리 갖추어 입은 수트(다이빙할 때 입는 옷) 위에 겉옷을 껴

입은 차림이었다. 제주에서 생활하는 아마추어 프리 다이버들이라고 했다. 휴일에 한 번씩 소셜네트워크서비스(SNS)로 연락해 바다에서 다이빙 트레이닝을 하는데 어린이가 함께 하는 건 이번이 처음이라고 했다.

모두 함께 미리 예약해 둔 고기잡이배를 타고 다이빙 포인트(다이빙을 하는 장소)인 주변 섬으로 향했다. 아침 햇살이 잔잔한 바닷물 위에서 보석처럼 반짝거렸다. 끊임없이 수다를 떨던 일행들도 잠시 말을 멈추고 그 광경을 지켜보았다.

"바다는 참……."

엄마가 중얼거렸다. 말을 끝까지 듣지 못했지만 지안은 느낄 수 있었다.

바다는 참 다정하구나. 바다는 참 관대하구나. 바다는 참 지친 우리를 위로해 주는구나.

지안 또한 이 순간이 숨이 멎을 정도로 행복했다. 지난 몇 달 동안 꿈꿔 왔던 장면이었다. 살아 있음이 감사해지는 순간이랄까.

작은 배는 사람이 살지 않는 바위 섬에 정박했다. 까만 돌 위에서 지안은 몸을 감싸던 커다란 수건을 벗고 스노클 마스크를 썼다. 물에 들어가기 전에 호흡을 가다듬었다. 핀을 발에 끼워 주며 엄마는 몇 번이고 당부했다.

"절대 무리하지 말고 숨이 되는 데까지만 해야 해."

아빠는 하늘을 보며 걱정스럽게 말했다.

"내내 바람 한 점 없더니 구름이 또 몰려오네. 제주 날씨는 워낙 변덕스럽다니까."

지안은 씨익 웃으며 엄마, 아빠를 진정시켰다.

"알았어, 알았어. 걱정 좀 그만해. 컨디션 최고니까."

그리고 연습한 대로 덕다운(물에 들어갈 때 수직으로 들어가는 것)을 시도했다.

"풍덩!"

정확히 90도 수직을 이루며 다이빙에 성공했다. 물속으로 들어간 지안은 천천히 천천히 숫자를 셌다.

'하나, 둘, 셋, 넷…….'

오랫동안 머릿속으로 상상하던 순간이었다. 바다의 물결은 잠수풀에서 느꼈던 것과는 전혀 달랐다. 야생의 온도와 촉감이었다. 지안은 바닷속의 모든 모습을 영원히 눈 속에 담으려는 듯 눈을 크게 뜨고 주변을 둘러보았다. 푸른 물, 눈부신 산호, 빽빽한 숲과 부지런히 움직이는 동물들, 이 거대한 푸르름에 압도당할 것이다.

그런데 이게 어찌 된 일일까. 바다는 지안이 생각한 모습과 완전히 달랐다. 해조류도 없고 물고기도 없었다. 미세먼지가 낀 하늘처

럼 뿌옇게 흐릴 뿐이었다. 지안은 먼지를 거두어 내듯 손으로 물살을 헤치고 위아래를 샅샅이 살폈다.

그제야 지안의 눈에 이상한 것들이 보이기 시작했다. 타이어와 폐자재, 비닐봉지가 넘실거리고 있었다. 분명한 쓰레기였다. 그것도 상당한 양이었다. 흰 물고기인가 하고 다가가면 돌 틈에 낀 마스크였다. 치약이나 빨대 같은 생활용품들까지 둥둥 떠다녔다.

'이상하다? 이런 것들이 왜 바다에 있지?'

지안은 순간적으로 수를 세는 것도 잊고 당황해 두리번거렸다. 지안은 몸을 움직여 조금씩 더 먼 곳으로 움직여 보았지만 상황은 마찬가지였다.

캔과 로프, 낚싯줄이 감긴 해조류, 거대한 철근 조각, 고무장갑, 고데기, 비닐봉지와 음료수 페트병까지……. 이곳은 지안이 꿈꿔 온 바다가 아니었다.

쓰레기장이었다.

3. 수빈 이모

지안은 귀가 아파져 물 위로 향했다. 동동 떠 있는 부표를 붙잡고 수면 위로 머리를 내밀었다.

멀리서 당황한 버디들의 목소리가 들렸다. 철썩철썩 파도가 점점 거세지고 있었다.

"뭐지, 이곳 얼마 전까지만 해도 깨끗했는데."

"누가 여기에 이런 걸 버린 거야?"

"버리긴 누가 버려. 해류에 떠내려온 거겠지."

"에잇 참, 애도 있는데……."

버디들은 눈으로 지안을 찾았다.

"지안아, 아무래도 오늘 안 되겠다. 일단 배로 돌아가자."

지안이 고개를 끄덕하고 다시 호흡을 하려는데 누군가의 비명 소리가 들렸다.

"꺄아! 저게 뭐야!"

하얗고 얇은 막이 파도를 타고 다가오고 있었다. 눈송이 같기도 하고 크림 같기도 했다. 조금 전까지만 해도 없던 것이었다. 그것의

속도는 눈으로 보면서도 믿지 못할 정도로 빨랐다. 가까이에서 보니 스티로폼들이었다. 알알이 해체된 어마어마한 양의 스티로폼 조각들이 괴물처럼 지안을 향해 달려들고 있었다.

'호흡!'

몇 초 뒤면 저것들이 입안으로 밀려들 것 같아 지안은 숨을 들이쉬었다.

"쓰읍 후우…… 쓰읍 후우……."

스티로폼 조각들은 이미 지안의 수트에 철썩철썩 달라붙었다. 손을 들어 보니 손바닥 가득 담겨 있을 정도였다.

"쓰읍 후우…… 얼른 가야 하는데……."

지안이 놀라면 놀랄수록 반사적으로 몸이 굳는 것 같았다. 그럴수록 숨 쉬는 것을 잊지 않으려고 노력했다.

"쓰읍 후우, 후우, 후우."

그때 갑자기 머리가 피잉 돌았다. 눈앞에 시커먼 점들이 날아와 박히는 느낌이 들었다.

"앞이…… 앞이 안…… 보여요."

"과호흡이야!"

과호흡은 프리 다이빙에서 주의해야 하는 사항 중 하나였다. 평소보다 더 빠르게 호흡을 하면 심박수가 늘어나고 산소를 빠르게 소

모하게 되는데 물속에서 숨을 참아야 하는 프리 다이버들에게는 자칫 크게 위험할 수도 있는 일이었다.

지안은 어쩌지 못하고 숨을 헐떡였다. 그사이에도 스티로폼 조각들은 머리카락에 코에 입에 달라붙고 있었다. 머리가 아플 정도로 어지러웠다.

"부아아아앙!"

그때 보트 한 대가 빠른 속도로 다가왔다. 다이빙 수트를 입은 세 명 정도의 사람들이 타고 있었고, 커다란 마대 자루가 배에 실려 있었다. 어떤 젊은 여자가 지안을 향해 손을 뻗었다.

"이쪽으로 올라와!"

지안은 자신을 도와주는 사람이 누구인지 묻는 것도 잊고 튼튼한 팔에 몸을 기댔다. 바닷바람이 조금 전까지와 달리 거칠어진 게 느껴졌다. 배 위에 올라타자마자 여자는 폭신한 수건을 지안의 몸에 덮어 주었다.

지안은 몽롱해진 정신을 다잡으려고 애썼다. 몸이 금세 따뜻해졌기 때문일까, 다행히 정신을 잃지는 않았다. 멀리서 엄마, 아빠가 지안의 이름을 부르는 소리가 들렸다.

"고, 고맙습니다."

엄마는 지안을 폭 안으며 여자에게 인사를 했다.

"마침 그쪽을 지나가서 다행이었어요. 위험할 뻔했네요."

배가 뭍에 다다른 다음에야 지안은 자신을 구해 준 사람들의 얼굴을 제대로 볼 수 있었다. 말은 그렇게 했지만 여자는 별일 아니라는 듯 생긋 웃었다. 바닷물에 젖은 얼굴이 해맑아 보였다.

'이 사람도 프리 다이버 중 한 명이겠지?'

함께 다이빙을 했던 버디들은 안전하지 못한 곳으로 아이를 인도했다는 생각에 무척 자책하는 것 같았다. 하지만 바다의 변덕을 누가 예상할 수 있었을까.

"분명 괜찮은 다이빙 포인트였는데 이상하네요. 한 달 전만 해도 깨끗했거든요."

버디 중 한 명이 쩔쩔매며 말했다.

"맞아요. 제주 바다가 너무 빠른 속도로 오염되고 있어요. 저희도 매번 놀랄 정도죠."

여자와 함께 배를 탔던 일행들은 주섬주섬 마대 자루를 옮기고 있었다. 배에는 폐그물과 폐자재, 크고 더러운 비닐봉지 등이 널려 있었다. 5개 정도 되는 마대 자루에도 쓰레기가 잔뜩 들어 있었다.

"그런데 저것들은 다 뭐예요?"

지안은 손가락으로 마대 자루를 가리켰다.

"바다에서 주운 쓰레기들이야. 우리는 프리 다이빙을 하면서 해양 쓰레기를 수거하는 사람들이거든."

"네? 이모랑 삼촌들이 저걸 다 주웠다고요?"

여자는 지안이를 귀엽다는 듯 바라보며 고개를 끄덕거렸다. 그런데 주변을 둘러보니 지안의 엄마, 아빠를 비롯해 다른 버디들도 모두 깜짝 놀란 눈빛이었다. 여자는 서둘러 말을 이었다.

"아, 제대로 소개를 할게요. 저희는 '디프다 제주'라는 팀입니다. 저는 리더인 변수빈이라고 해요. 말씀드린 것처럼 해양 쓰레기를 수거하는 작업을 하고 있어요."

모두 '아아, 그렇구나!' 하는 얼굴로 고개를 끄덕였다. 지안은 디프다 제주 팀의 이모와 삼촌들이 하는 일이 너무 궁금했다. 묻고 싶은 게 한두 개가 아니었다. 잠깐이었지만 지안이 만난 바닷속은 상상했던 것과 너무 달랐기 때문이다.

쓰레기를 줍는다고? 언제? 어떻게? 아무 보상도 없이? 바다 쓰레기가 얼마나 많은데 그걸 몇 명의 힘으로 다 주울 수 있는 걸까? 쓰레기를 줍다가 다치면 어떻게 하지? 어떤 쓰레기가 가장 많이 나올까?

지안은 질문 대신 흘긋 쓰레기들을 보았다. 자루 안에는 마스크와 낚시용품, 페트병과 비닐봉지, 흙이 묻어 있는 녹슨 캔, 고글 형태로 되어 있는 수경 등이 보였다. 수경은 잠수할 때 지안이가 사용하는 것과 비슷했다.

"와아, 바닷속에 별게 다 있네요."

지안은 다가가 수경을 들어 보았다. 자세히 보니 수경에 무늬가 보였다. 그런데 조금 더 가까이에서 살펴본 지안은 갑자기 등에 소름이 돋는 게 느껴졌다. 그 무늬는 다름 아닌 물고기들의 이빨 자국이었다.

물고기들이 인간이 버린 쓰레기를 먹이로 오해한다는 이야기는 들은 적이 있었지만 이렇게 선명한 이빨 자국을 보니 섬뜩할 지경이었다.

지안이의 마음을 읽기라도 한 걸까, 수빈 이모는 가까이 다가와 나지막한 목소리로 말해 주었다.

"봤지? 물고기가 쓰레기를 먹고, 인간은 그 물고기를 먹고. 언젠가 우리 몸에도 플라스틱 쓰레기가 가득 차겠지."

지안은 가슴속에서 무언가 묵직한 것이 쿵 하고 떨어지는 것을 느꼈다.

존재한다는 것만으로도 위로가 되어 준 바다였다. 하지만 실상 가까이에서 바라보니 바다는 심각하게 몸살을 앓고 있었다.

쓰레기 문제는 지나가는 이슈가 아니었다. 의식하지 못하는 사이

턱밑까지 다가와 우리를 위협하고 있었던 것이다.

지안은 수빈 이모의 눈을 똑바로 바라보았다.

"쓰레기…… 저도 줍고 싶어요. 어떻게 하면 돼요?"

4. 봉그깅

이른 아침, 지안의 가족은 판포 포구에 도착했다.

"지안아, 이쪽이야! 이쪽!"

바닷가에 수빈 이모와 디프다 제주 팀의 이모들이 먼저 나와 반겨 주었다.

"준비 확실히 해 왔겠지?"

"네! 텀블러에 물도 챙겨 오고, 편하고 튼튼한 신발도 신었어요."

지안은 씩씩하게 대답했다.

오늘은 지안이네 가족이 '봉그깅'에 참여하는 날이다.

봉그깅. 처음 들었을 땐 외국어인가 싶을 정도로 낯선 용어였다. 사실은 '저도 줍고 싶어요. 어떻게 하면 돼요?'라는 지안이의 질문에 수빈 이모가 해 준 대답이 바로 봉그깅이었다.

제주도 사람들이 쓰는 사투리에 '봉그다'라는 말이 있다. '줍다'라는 뜻이라고 한다. 북유럽에서는 조깅을 하면서 쓰레기를 줍는 활동이 널리 퍼졌는데 그것을 뜻하는 신조어가 바로 '플로깅'이라고 했다. 디프다 제주의 이모와 삼촌들이 봉그다와 플로깅을 합쳐서 '봉그깅'이라는 용어를 새롭게 만든 것이었다.

말 그대로 쓰레기를 줍는 활동을 뜻했다. 봉그깅은 크게 두 가지로 나뉘는데 '봉그깅 바당'은 프리 다이버들이 물속에 잠수하여 바닷속에 있는 쓰레기를 줍는 활동이고, '봉그깅 해변'은 자원봉사자들과 함께 바닷가의 쓰레기를 줍는 활동을 뜻했다. 지안의 가족은 오늘 봉그깅 해변에 참가한 것이다.

약속 시간이 되자 판포 포구에는 사람들이 모여들었다. 디프다 제주 이모, 삼촌들과 반갑게 인사하는 걸 보니, 여러 번 봉그깅에 참여한 사람들도 있는 것 같았다. 또 친구나 가족과 여행을 왔다가 SNS에 올라온 공지 글을 보고 참여한 사람들도 있었다. 지안이보다 훨씬 더 어린 친구들도 엄마, 아빠의 손을 잡고 호기심 가득한 눈을 빛내며 기다리고 있었다.

"여러분, 방법은 간단해요. 집게나 장갑을 낀 손으로 해안과 바위 틈에 있는 쓰레기를 주워서 자루에 담으시면 됩니다. 바위 위를 걸을 때에는 넘어지지 않게 조심하시고요, 쓰레기 중에는 위험한 물건도 있으니 절대 맨손으로 잡지 않도록 하세요."

수빈 이모가 봉그깅에 필요한 준비물을 나누어 주며 말했다.

"걷고 줍고, 걷고 줍고. 이거 운동 되겠는걸?"

아빠가 모래 틈에 박힌 아이스크림 봉지를 주우며 말했다.

"당신 이러다 살 빠지겠어."

엄마도 흐물흐물해진 종이 박스를 주우며 웃었다.

오늘 처음 만난 사람들끼리 두런두런 이야기를 나누는 소리도 들렸다. 바다 수영을 했던 경험이나 제주 생활과 관련된 정보 등을 나누기도 했다. 그러나 눈에 보이는 것보다 쓰레기는 훨씬 많았고, 다양한 지형에 박힌 쓰레기를 줍는 건 그리 녹록지 않았다. 지안이도 점점 말수가 줄어들었다.

모래 해변의 쓰레기는 그나마 줍기 쉬운 편이었다. 문제는 바위였다. 제주도의 새까만 현무암 사이사이에 엄청난 쓰레기들이 숨어 있었던 것이다. 어찌나 깊이 박혔는지 잘 꺼내지지도 않았다. 지안이는 깊은 곳의 쓰레기를 꺼내기 위해 긴 막대를 구해 와서 바위틈을 뒤적거리기도 했다.

알록달록한 튜브 일부가 간신히 빠져나와 손에 잡혔고, 나머지 부위는 주변 사람들의 도움을 받아 힘껏 당겨서 겨우 뺄 수 있었다. 다 찢겨 형체를 알아보기 어려웠지만 분명 아기들이 타고 노는 손잡이가 달린 튜브였다. 아마 바닷물에 떠내려와 바위틈으로 들어간 모양이었다. 밀물과 썰물이 반복되며 더욱 깊은 곳으로 들어갔을 것이다.

아빠는 완전히 엉켜 있는 그물을 당겨 빼느라 손까지 다칠 뻔했다. 돌 틈에 꽁꽁 묶여서 단단히 고정되어 있는 바람에 어쩔 수 없이 중간에 칼을 가지고 끊어 내야 했다.

부표, 바퀴, 케첩 통, 깨진 그릇, 소주병, 온갖 비닐들, 나무젓가락과 현수막 조각, 알 수 없는 외국어가 쓰인 플라스틱 통들까지. 어떤 쓰레기들은 너무 오랫동안 그 자리에 있었는지 부식되어서 원래의 형태를 알기도 어려웠다. 대부분 관광객들이 버리고 간 것으로 예상되는 것들이었지만, 어디에서 만들어져서 여기까지 왔는지 가늠하기조차 어려운 쓰레기들도 많았다. 지안은 보이는 대로 줍고, 뽑아내고, 당기고, 잘라서 담았다.

"아, 많다."

"정말 쓰레기가 많다……."

"진짜 끝이 없다."

여기저기에서 한숨 소리가 들렸다. 돌이 있는 곳에는 쓰레기도 있었다. 틈바구니마다 마치 보물이라도 숨겨져 있는 듯 어마어마한 양의 쓰레기들이 차 있었고, 모두 지치지도 않고 줄줄 나왔다. 커다란 자루는 이미 가득 찬 지 오래. 이른 아침이었는데도 계속 몸을 움직이다 보니 제법 땀이 많이 흘렀다.

"꺅! 이게 뭐야!"

엄마의 비명에 지안이는 달려갔다. 커다란 주사기였다. 의료 폐기물이 넘실대는 물에 떠내려온 것이었다. 주삿바늘이 하늘을 향해 꼿꼿하게 서 있었다.

온몸의 털이 쭈뼛 서는 것 같았다. 이 안에 어떤 약물이 담겨 있는지 알 수 없는 일이었다.

"아아, 이건 정말 무서운데……."

아빠가 조심조심 주사기를 들어 바늘 부분을 천으로 둘둘 감았다. 의료 폐기물은 작업을 시작하기 전에 디프다 제주 이모, 삼촌들이 미리 주의 사항으로 알려 준 부분이었다. 실제로 바다에서 많이 발견된다고 들었는데 실상을 마주하니 공포 영화를 보는 것처럼 섬뜩했다.

"이건 뭐지? 돌인가?"

지안이는 쓰레기들 사이에서 정체를 알 수 없는 딱딱한 물건을 발견했다. 말 그대로 암석처럼 생겼는데 조금 이상해 보였다. 빨갛고 파랗고 노란 알록달록한 입자들이 중간중간 섞여 있었던 것이다.

"플라스틱 돌이야."

뒤를 돌아보니 어느새 수빈 이모가 가까이 다가와 있었다.

"플라스틱 돌이요?"

"바다에 떠돌아다니는 플라스틱 조각들이 녹았다 굳었다를 반복하다가 진짜 돌처럼 딱딱하게 변해 버린 것이지."

"아……."

지안이는 머리가 어지러웠다. 자세히 보니 그 위에도 작은 해양 생물들이 기어다니고 있었다.

언젠가는 플라스틱 돌이 진짜 돌을 대체하는 세상이 오지 않을까? 천연 돌과 인공 돌을 구분해야 하는 미래라니, 그런 미래는 꿈꾸고 싶지 않았다.

한 시간 반 정도 지났을까, 이제 봉그깅을 마무리할 시간이었다. 스무 명 남짓한 사람들이 주운 쓰레기는 언뜻 봐도 대형 마대 자루 50개를 가득 채울 정도였다. 생각보다 엄청난 양이었다.

그 덕분일까. 포구는 처음 쓰레기를 줍기 시작했을 때보다 확실히 깨끗해졌다는 걸 알 수 있었다.

그러나 아직도 줍지 못한 쓰레기가 모래 위에, 바위틈에 여전히

가득 차 있다는 것을 알기에 뿌듯함과 함께 찜찜한 마음이 더 컸다. 포구를 떠나기 전에 지안은 몇 번이고 뒤돌아 바다를 보았다. 얼마나 더 오래 해야 쓰레기 하나 없는 바다를 만들 수 있을까.

"혼저 옵서예. (어서 오세요.)"

지안의 가족은 디프다 제주 이모, 삼촌들과 함께 마을에 위치한 작은 식당에서 점심을 먹었다. 해녀 할머니와 딸이 함께 운영하는 식당인데 수빈 이모가 추천하는 맛집이었다. 할머니는 직접 물질(바닷속에 들어가서 해산물을 따는 일)하여 잡은 소라와 미역으로 맛있는 무침을 만들어 주었다. 보는 것만으로도 침이 꼴깍 넘어갔다. 성게가 들어간 미역국을 후루룩 먹으니 피로가 한 번에 풀리는 느낌이었다.

"지안아, 봉그깅 해 보니까 어땠어?"

맞은편에 앉은 수빈 이모가 물었다.

"쓰레기가 이 정도로 많을 줄은 몰랐어요. 하고 나니까 너무 좋긴 한데 아직도 다 치우지 못한 쓰레기가 많이 남아 있어서 속상해요."

"으응, 그랬을 거야. 우리가 아무리 열심히 해도 완벽하게 치우는 건 한계가 있으니까."

수빈 이모는 완벽하게 쓰레기를 치우는 것은 사실 불가능하다고 말했다. 이모는 하루가 멀다 하고 바다에서 쓰레기를 주웠지만 단

한 번도 다 줍고 나올 수는 없었다는 것이다. 어떤 날은 쓰레기를 줍는 순간에도 거대한 쓰레기 더미가 해류에 밀려오는 게 보일 정도였단다.

"하지만 다 줍지 못한 쓰레기에 대한 미련 때문에 우리가 다시 바다를 찾아오게 되는 게 아닐까?"

"네, 꼭 다시 올 거예요."

지안은 빙그레 웃으며 고개를 끄덕였다. 창밖으로 푸르른 제주 바다가 한낮의 햇살에 반짝이고 있었다.

5. 태풍

 "오늘 오전 일본 규슈를 지난 태풍이 한반도로 접근하며, 제주도와 남해안에 직접적인 영향을 끼치고 있습니다. 현재 제주도 동쪽 해안에는 최대 순간 풍속 25.3에 육박하는 강풍이 불고 있습니다. 저지대 바닷가 주민들은 안전한 곳으로 신속히 대피하시고, 선박 또한 단단히 고정하여 태풍 피해를 최소화하도록 예방하시기 바랍니다."

 뉴스에서는 아침부터 태풍 이야기뿐이었다. 아직 태풍이 제대로 제주 지역에 도착한 것도 아닌데 창을 통해 보이는 나뭇가지들은 이미 거칠게 휘날렸다. 평소에도 거센 제주도 바람이었다. 거기에 태풍의 위력까지 더해지니 소리만으로도 무서울 정도였다. 지안이네 집 2층 창을 통해 조그맣게 보이는 바다도 잔뜩 성이 난 듯, 하얗고 높은 파도가 일렁였다.

"금세 잘 지나갈 거야. 제발 별 피해 없어야 할 텐데……."

엄마도 초조한지 계속 뉴스를 확인하며 집 안 곳곳을 손보았다. 초저녁인데도 먹구름 때문에 한밤처럼 어두컴컴했고, 한동안 빗줄기는 가늘어졌다 굵어지기를 반복했다.

몇 시간 뒤 태풍 주의보는 태풍 경보로 바뀌었다. 비행기는 당연히 결항되었고, 선박들은 이미 대피를 마쳤다는 소식이 들렸다. 태풍이 조금이라도 경로를 틀어 별일 없이 이곳을 지나가기를 바랄 뿐, 더 이상 지안이 할 수 있는 일도 없었다.

지안은 방으로 가 얇은 이불 속으로 몸을 넣었다. 창을 통해 들리는 윙윙 바람 소리가 새삼 공포스럽게 느껴졌다. 잠시 잠을 자고 일어났을 때 이 모든 것이 끝나 있으면 얼마나 좋을까.

하지만 불안해서인지 잠도 잘 오지 않았다. 지안은 몇 차례 자세를 고쳐 눕다가 태블릿 피시를 꺼내어 펼치고는 동영상 사이트에 들어갔다. 뭔가 기분 전환이라도 할 생각이었다. 그러나 최근에 봉그깅을 다녀온 뒤에 관련 영상을 찾아보아서인지, 추천 영상에 온통

바다와 쓰레기 영상뿐이었다. 지안은 몇 개의 짧은 영상을 구경하다가 이어서 나오는 '쓰레기 섬'이라는 영상을 클릭했다.

"헉, 이게 뭐야?"

느닷없이 화면에 가득 찬 쓰레기 영상에 지안은 깜짝 놀랐다.

쓰레기 섬이라는 것은 은유적인 표현이 아니라 실제로 존재하는 섬이었던 모양이다. 전 세계 바다에서 모인 쓰레기들이 해류를 타고 흐르다 해류가 정체되어 있는 곳에 쌓여서 거대한 섬을 이룬 것이었다. 태평양과 인도양 그리고 다른 바다에서도 발견되고 있다고 했다.

그 섬을 이루는 쓰레기의 90%는 플라스틱이었다. 심지어 1960년대나 70년대에 생산된 쓰레기들이 조금도 부식되지 않은 완전한 형태를 유지한 채 둥실둥실 떠 있었다.

먼 옛날 병을 담던 상자가 마치 박물관에 있는 것처럼 멀쩡해 보이다니. 이것이 바로 플라스틱이 자랑하는 내구성이라는 것일까.

'섬의 크기는 한반도의 16배'라는 자막이 자극적인 서체로 빠르게 지나갔다. 게다가 섬의 크기는 빠른 속도로 팽창 중이라고 했다. 카메라가 조금 가까이 쓰레기를 비추자 생수통과 일회용 숟가락, 화장품 통과 포장 용기가 분명히 보였다. 얼마 전 지안의 가족들이 마트에서 사 온 생활용품과 너무 닮아 아찔한 기분도 들었다. 지안은 마음이 무거워 서둘러 태블릿 피시를 덮었다.

지안은 베개에 얼굴을 파묻고 눈을 질끈 감았다. 그러나 태풍 때문인지, 방금 본 영상 때문인지, 우울하고 무거운 마음은 쉽게 사라지지 않았다.

학교에서 플라스틱이 사라지는 데에 500년 정도 걸린다고 배웠다. 하지만 아이러니하게도 플라스틱이 발명된 역사는 약 150년 정도밖에 되지 않았다.

그 누구도 플라스틱이 분해되는 것을 본 적이 없다. 플라스틱은 다른 자연 원료처럼 미생물이 분해하기 어려운 구조라고 들었던 것 같다. 바람과 비, 파도에 노출되면 깎이고 부서지기는 하겠지만 완전히 사라지지는 않는다. 크기만 작아지고 조각의 수만 많아질 뿐, 바닷속 어딘가에 떠다니며 물고기들의 밥이 되고 있다는 얘기였다.

값싸고 안전하고 튼튼하며 얼마든지 대량 생산이 가능한 플라스틱은 한때 꿈의 소재라고도 불렸지만 지금은 끔찍한 재앙이 되어 돌아왔다. 지구의 인구가 늘어나면서 플라스틱의 생산량도 폭발적으로 많아지고 있다. 앞으로 우리는 더 많은 플라스틱을 만들고 더 많이 버리게 되겠지.

'내가 그동안 쓰고 버린 칫솔도 어딘가에 그 모양 그대로 남아 있는 걸까?'

여전히 바깥에서는 무서운 태풍이 제주 해변을 할퀴고 있었다. 지안은 몸을 웅크리고 뒤척뒤척하다가 까무룩 잠이 든 것 같았다. 그리고 조금은 끔찍한 꿈을 꾸었다.

지안이 어렸을 때부터 써 왔던 수십 개의 칫솔이 파도에 밀려오는 꿈이었다. 그뿐 아니었다. 엄마와 아빠, 할아버지, 할머니가 쓴 칫솔, 친구들이 쓴 칫솔, 제주도 도민들이 집집마다 쓴 칫솔들이 끊임없이 밀려와 해변을 가득 메웠다. 곧이어 우리나라, 미국, 중국, 전 세계인들이 쓴 칫솔, 10년 전 인류, 50년 전 인류, 100년 전 인류가 쓴 칫솔들까지 태풍에 쓸려 왔다.

결국 꿈속에서 제주도는 순식간에 플라스틱 칫솔로 뒤덮였다. 아름다운 해안도, 까맣게 반짝이는 현무암도, 오름을 거닐던 조랑말도, 소박한 당근밭과 지안의 집과 돌담도 모조리 칫솔 속에 파묻혔다.

지안은 꿈을 꾸며 조금 울었던 모양인지 깨어 보니 베갯잇이 축축하게 젖어 있었다.

다음 날 아침, 태풍은 다행히 큰 사고 없이 빠르게 지나갔다. 태풍이 오기 전 장을 제대로 못 본 탓에 지안의 집에는 먹을 것이 없었다. 아침에 문 연 가게를 찾아 엄마, 아빠와 차를 타고 주변을 한 바퀴 돌아보기로 했다.

언제 태풍이 왔느냐는 듯 아침 하늘은 파랗고 환했다. 반짝이는 햇살은 거짓말처럼 눈이 부실 정도였다. 하지만 큰 피해가 없었다고는 해도 곳곳에 간판이 떨어지고 화분이 넘어진 흔적이 보였고, 커다란 나무가 꺾인 곳도 있었다.

"어? 저기 수빈 씨 아냐?"

"맞는 거 같아요! 아빠, 저 좀 잠깐 내려 주세요."

얼마 전 봉그깅을 했던 판포 포구 근처에서 수빈 이모와 닮은 사람의 뒷모습이 보였다. 지안은 인사를 하려고 차에서 내려 달려갔다.

"이모, 이모!"

목소리가 수빈 이모에게 닿기도 전, 바닷가로 달려가던 지안은 다리에 힘이 스르륵 풀리는 것을 느꼈다. 가까이에서 보니 태풍을 타고 온 쓰레기에 해변이 온통 엉망이 되었기 때문이다. 지저분하게 꼬인 줄과 부서진 나무판자, 부표와 타이어, 거대한 비닐들, 파도 위에서 떠다니는 스티로폼들……. 어디서부터 어떻게 손을 써야 할지 막막할 정도로 어마어마한 양의 쓰레기였다.

고작 며칠 전에 모두 힘을 모아 깔끔하게 정리한 바다였다. 그런데 하룻밤 만에 청소하기 전보다 훨씬 더 지저분하고 더러워진 것이

다. 마치 인간이 아무리 노력해 봤자 거대한 자연의 분노 앞에서 아무것도 바꿀 수 없다는 통보처럼 느껴졌다.

수빈 이모는 천천히 고개를 돌려 지안을 마주 보았다. 이모의 망연자실한 표정도 지안 못지않게 어두웠다. 지안을 따라 다가온 엄마, 아빠도 아무 말도 할 수 없었다.

지안은 어젯밤 영상으로 본 거대한 플라스틱 섬을 떠올렸다. 그 거대함 앞에 지안은 너무 작고 무력했다. 마치 광활한 우주의 먼지처럼 보잘것없었다.

지안은 허탈한 마음에 눈물이 왈칵 쏟아졌다.

"그래도 열심히…… 열심히 치우면 깨끗해질 줄 알았는데……. 흐흐흑."

지안은 아기처럼 엉엉 울었다. 그러나 그 흐느낌조차 철썩이는 파도 소리에 이내 묻혀 버렸다.

6. 바당 할망

태풍이 끝나고 잔잔해진 바다. 파도가 넘실댈 때마다 새로운 쓰레기들이 둥실거리며 다가왔다. 지안은 심하게 오염된 바다 앞에서 소리 내어 실컷 울었다. 무엇이 그렇게 서러웠는지 자꾸만 눈물이 났다.

고마운 바다에게 아픔을 준 것 같아서, 그 안에 사는 물고기들에게 미안해서, 아무리 노력해도 방법이 없을 것 같아서, 속상했던 것일까.

엄마가 등을 토닥여 주고, 수빈 이모가 괜찮다고 달래 줬지만 울음은 쉽게 멈추지 않았다.

"자이 무사 울엄시? (쟤 우는 거니?)"

낯선 제주 사투리에 지안은 울음을 멈추고 고개를 들었다. 얼마 전 식당에서 만난 해녀 할머니였다. 수빈 이모가 여차저차 사정을 이야기하자 할머니는 어린 지안이 흐느끼는 모습을 말없이 쳐다보았다.

"무사 경 고만이 이시냐? 자이가 힘들어 부난 경 허는 거? 이디 왕 밥 먹엉 갑서! (왜 그렇게 가만히 있니? 힘들어서 그렇게 있는 거니? 이리 와서 밥 먹고 가거라.)"

할머니는 퉁명스럽게 툭 말하고는 터벅터벅 걸어갔다. 지안이도 수빈 이모도 엄마, 아빠도 할머니 말을 거역하기 어려웠다. 모두 바닷바람을 맞으며 졸졸 할머니 뒤를 따라갔다.

아침부터 기운을 썼던 탓일까. 안 그래도 지안은 배가 고팠다. 몸에 기운이 쭉 빠져 걸음을 내딛는 것도 힘이 들 정도였다.

할머니를 따라 도착한 곳은 지난번 왔던 해녀 식당이었다. 오래 기다릴 필요도 없었다. 할머니는 주방에 들어가서 뚝딱뚝딱 음식을 차려 냈다. 따뜻한 국물에 처음 보는 해조류와 고기가 바글바글 끓고 있었다.

"와아, 잘 먹겠습니다."

"한저 먹으라. 하영 먹어사 몸이 따땃해진다. (어서 먹어라. 많이 먹어야 몸이 따뜻해진다.)"

지안은 낯선 국물을 보았다. 아빠는 이게 제주의 향토 음식인 '몸국'이라고 했다. 바다에서 나는 모자반과 돼지고기로 끓인 국이었다. 한 숟가락 뜨자, 가슴 어딘가에 맺혀 있던 설움도 뜨끈한 국물과 함께 내려가는 것만 같았다.

해녀 할머니도 거센 바닷바람을 맞으며 물질을 가기 전에 따뜻한 몸국을 드셨겠지?

지안은 하얀 쌀밥을 푹푹 퍼서 따뜻한 국물에 말아 먹었다. 갑자기 입맛이 돌았고 그럴수록 더욱 허기가 느껴졌다. 지안은 게걸스러울 정도로 열심히 먹었다. 어느새 왜 울었는지 가물가물할 정도로 배가 든든했다.

"지안아, 많이 속상했지?"

반 정도 그릇을 비우자 엄마가 말을 건넸다.

"으응. 이런 바다를 보려고 여기까지 온 건 아니었는데……."

지안은 다시 먼 바다를 응시했다. 자기도 모르게 깊은 한숨이 나왔다.

"이젠 다 울어시냐? (이제 다 울었니?)"

할머니가 다가와 다정하게 물었다. 지안은 어쩐지 민망해서 쑥스러운 미소를 지었다.

"태풍 때문에 바다가 다시 지저분해져서 속상했던 모양이에요."

수빈 이모가 말하자 할머니는 그랬냐며 고개를 끄덕였다. 지안이도 수빈 이모도 엄마, 아빠도 할머니도 햇살에 반짝이는 아침 바다를 말없이 바라보았다.

한참 뒤에 할머니는 입을 열었다.

"나가 두릴 때 바당은…… 지금 같진 않았주게. (내가 어릴 때 바다는…… 지금 같지 않았지.)"

햇살에 눈이 부신 탓일까. 지안은 할머니가 마치 꿈을 꾸는 듯한 얼굴이라는 생각이 들었다.

"달랐주, 지금하곤 하영 달랐주. (달랐지, 지금하고는 많이 달랐지.)"

할머니는 지안이만 한 나이의 소녀 시절로 되돌아가기라도 한 듯 맑은 눈을 깜빡였다. 손과 얼굴에 주름도 없고 튼튼한 두 다리로 어디든 갈 수 있을 것 같던 날들. 할머니에게도 그런 시절이 있었다. 파도 소리와 바다 내음이 엄마 품처럼 편안했던, 틈만 나면 푸른 물속으로 몸을 던지던 새털같이 무수한 날들이 있었다. 돌아보니 어느덧 50년도 더 된 일이었다.

한 걸음 한 걸음 바다를 향해 들어가면 발가락 틈 사이로 푸르른 생명체가 느껴지곤 했다. 검은 돌 위에는 소라게들이 바쁘게 기어다

녔고, 가까운 바다 먼바다 할 것 없이 모자반과 미역이 둥실둥실 떠 있었다.

"물속으로 숨비는 거랑 숲속에 들어가는 거랑 별반 틀리지 않았주. (물속에 들어가는 거랑 숲속에 들어가는 거랑 별로 다르지 않았지.)"

처음 몸을 담글 땐 귀가 찌릿할 정도로 차가웠지만 조금만 지나면 바닷물의 온도에 익숙해졌다.

'자, 이제 물질을 시작해 볼까.'

어린 해녀는 날마다 숨을 가득 머금고 바닷속으로 머리를 들이밀었다.

바닷속에도 숲이 있었다. 어린 해녀는 매번 보는 바다이지만 매번 놀라워 작은 탄성을 내뱉곤 했다. 사람 키보다 더 큰 해초들이 잔뜩 자라나 눈앞에서 넘실거려, 손을 뻗어 해초를 헤치며 헤엄쳐야 했다. 물 바닥도 마찬가지. 울긋불긋 산호와 말미잘이 빽빽하게 차 있었다. 돌 틈새마다 작은 물고기들이 모래를 흩날리며 빠르게 움직였다.

"경 허주기. 경 허고말고. 바당속엔 정말 곱닥한 것들이 고득고득 차 있었주게. (그래, 그랬지. 바닷속에 정말 고운 것들이 가득가득 차 있었지.)"

푸른빛, 붉은빛, 노란빛, 총천연색으로 물들어 있는 아름다운 바다. 생명으로 가득 찬 물속. 주고 또 주어도 계속 새로운 것으로 채

워지는 곳. 어린 해녀에게, 할머니에게, 바다는 그런 곳이었다.

그러나 지금의 바다는 다르다. 뿌연 먼지와 먼 곳에서 밀려온 쓰레기들이 떠다닌다. 산호는 하얗게 죽어 버렸고, 싱싱한 해초는 보이지 않는다. 얼마 남지 않은 물고기는 미세 플라스틱을 먹이로 생각하고, 죽음을 기다리듯 힘이 없다.

어느새 이렇게 변한 것일까. 인간의 욕심이 이렇게 빠른 시간에 바다를 아프게 한 것일까.

할머니는 모두의 마음을 읽기라도 한 듯 말했다.

"믿어 보라. 경 허믄 바당은 지드려 줄 거여. (믿어 봐라. 그러면 바다는 기다려 줄 거야.)"

지안은 천천히 고개를 들어 할머니를 보았다.

정말 가능할까. 바다가 다시 돌아올 거라는 믿음, 바다는 언제나 우리를 기다려 준다는 믿음. 그 믿음만으로 뭐가 달라질 수 있을까. 그러나 별다른 방법도 없었다. 아주 작은 움직임이라도 도움이 된다고 믿는 수밖에.

할머니는 지안을 똑바로 보더니 엷게 웃으며 고개를 끄덕였다. 얼굴에는 주름이 가득했지만 두 눈은 어린 해녀처럼 명민하게 반짝거렸다.

"바당은 절대로 틀린 적이 읏다. (바다는 절대로 틀린 적이 없다.)"

그때였다.

"자, 그럼 슬슬 출발해 볼까?"

수빈 이모가 갑자기 자리에서 일어났다.

갑자기 어디를 가겠다는 걸까?

"든든하게 배를 채웠으니 다시 쓰레기를 주우러 가 봐야지."

지안과 엄마, 아빠가 놀라서 눈을 동그랗게 뜨자, 수빈 이모는 핸드폰을 들어 보이며 장난꾸러기처럼 씨익 웃었다.

"SNS에 올렸더니 다들 또 모이겠다고 하네요?"

핸드폰 화면에 지저분한 판포 포구 사진 아래 달린 무수한 댓글들이 보였다. 다들 태풍이 끝나길 기다리기라도 한 듯 당장 모이겠다는 것이었다.

수빈 이모는 힘이 넘치는 목소리로 말했다.

"별수 있나, 오늘도 봉그깅 해야죠."

7. 다시 봉그깅

　소금기 가득한 바닷바람이 불어오자, 지안이 이마의 땀방울이 씻겨 나가는 것 같았다.
　지안이도 지안의 엄마, 아빠도 손에 작업용 안전 장갑을 끼고 쓰레기를 줍기 시작했다. 파도에 밀려온 음료수병을 줍고, 돌 틈에 꽉 차 있는 통조림과 젖은 박스와 나무 조각을 꺼내 들었다. 방파제 사이사이에 쌓인 스티로폼을 손으로 퍼냈다. 팔이 뻐근하고 온몸이 녹초가 될 때쯤 더러웠던 바닷가가 깨끗해지는 게 느껴졌다.
　"아유, 이거 계속하다 보면 정말 살 빠지겠어."

엄마가 흐르는 땀을 손목으로 닦으며 웃었다.

"나는 다리 근육 생길 것 같아."

아빠는 앉았다 일어났다 동작을 반복하면서 자신감 넘치는 목소리로 말했다. 허리를 푹 숙여서 쓰레기를 주웠다간 자칫 다칠 수도 있어서 조심조심 스쿼트 자세(양발을 좌우로 벌리고 서서 발바닥을 바닥에 밀착한 채 등을 펴고 무릎을 구부렸다 폈다 하는 체력 단련 운동)를 취하다 보니 운동이 저절로 된다고 했다.

그러고 보니 처음 제주로 왔을 때에 비해 지안이 가족의 모습은 많이 바뀌었다. 살결이 까맣게 탔고, 몸도 더 건강해진 느낌이었다.

외모만 바뀐 게 아니었다. 생활 습관도 많이 달라졌다. 쓰레기, 특히 플라스틱 쓰레기 문제가 얼마나 심각한지 알게 된 뒤로는 최대한 일회용 포장 용기를 안 쓰려고 노력하게 되었으니 말이다. 엄마, 아빠는 집에서 나올 때 가방 속에 텀블러를 하나씩 꼭 챙겼다. 카페에서 음료수를 살 때 일회용 컵을 쓰지 않기 위해서였다.

착착 접어서 넣고 다닐 수 있게 만들어진 장바구니도 유용했다. 전통 시장에서 채소를 살 때면 미리 준비한 신문지에 둘둘 싸서 장바구니에 쏙 넣곤 했다.

지안이 역시 작아진 옷이나 안 쓰는 학용품은 지인들에게 나누어 주거나 중고 장터에 팔았다. 플라스틱 칫솔 대신 대나무 칫솔을 사

용했고, 플라스틱 통에 들어 있는 샴푸나 세제를 고체 샴푸와 세제로 바꾸었다.

솔직히 불편하고 어려운 일이었다. 더 많이 움직여야 했고, 물건을 사고 싶은 욕구를 참아 내야 했다. 하지만 금세 익숙해졌고, 가족의 생활은 단순하지만 더욱 풍요로워졌다.

"자, 여러분, 오늘도 고생 많으셨습니다!"

봉그깅을 마무리하며 수빈 이모가 인사했다. 커다란 자루 수십 개가 트럭에 실렸다.

"여기 보세요, 하나! 둘! 셋!"

함께 했던 사람들이 모여서 기념사진을 찍는 시간. 몇 시간 전에 처음 봤을 뿐인데 어쩐지 끈끈해진 기분이 들었다. 지안은 뿌듯한 마음에 바닷가를 바라보았다.

심각하게 오염되었던 곳이 또 이렇게 마음이 건강한 사람들의 노력으로 금세 제 모습을 찾다니.

지안은 언젠가 수빈 이모에게 들었던 기름 유출 사고 이야기가 떠올랐다. 태안반도에서 유조선의 기름이 유출되는 끔찍한 사고가 일어났지만 전국에서 모인 국민들이 손으로 일일이 기름을 닦아 냈고, 초기에 잘 대응한 덕분에 바다는 금세 예전 모습을 회복했다고 한다. 모두가 힘을 모으면 정말 기적을 이루어 낼 수 있을 것만 같았다.

그러나 안심할 수는 없다. 내일도 모레도 쓰레기는 파도와 함께 또 밀려올 것이다. 새로운 쓰레기는 지금 이 시간에도 만들어지고 있다. 바다는 계속 몸살을 앓게 될 것이고, 우리는 실망하고 좌절할 것이다. 그럼에도 불구하고 지안은 뭐라도 해 봐야겠다고 생각했다.

우리가 계속 노력한다면 바다도 조금씩 힘을 내어 회복되지 않을까?

"저기 좀 봐!"

"돌고래 아냐?"

일행 중 누군가가 바다를 가리키며 소리쳤다. 바닷가로부터 멀지 않은 바다 저편에 반짝이는 돌고래 떼가 보였다. 돌고래들은 물 위로 몸을 솟구쳤다가 사라지기를 반복했다. 한 번씩 움직일 때마다 하얀 파도가 흩날렸다.

"와아!"

지안은 사진 찍을 생각도 않고 멍하게 서 있었다. 물 위를 미끄러지듯 헤엄치는 돌고래들의 모습은 말 그대로 눈이 부셨다. 한참을 헤엄치던 돌고래들은 더 먼 바다로 떠나갔다. 마치 고맙다고 인사를 하기 위해 이곳까지 찾아온 것 같았다.

그날 밤 지안은 꿈을 꾸었다. 오랜만에 바다에서 하는 프리 다이빙이었다. 꿈속의 바다는 따뜻하고 고요했다. 마치 해녀 할머니가 이야기한 50년 전의 제주 바다 같았다. 쓰레기 하나 없이 맑고 깨끗한 바다, 모든 생명이 생동감 있게 살아 숨 쉬는 바다였다. 해초들은 빽빽하게 숲을 이루고 있었고, 작고 통통한 물고기 떼들이 쏜살같이 지나가면 천천히 유영하는 거북이 보였다.

그리고 저 멀리 고래가 보였다. 고래 한 마리가 지안을 향해 다가왔다. 하늘에 콕콕 박힌 별자리처럼 고래는 어두운 바다를 환하게 비추어 주고 있었다. 고요한 바다에 고래의 숨소리가 은은하게 울려 퍼졌다.

'휘이- 위이.'

관악기처럼 깊은 울림이 있는 소리. 지안은 춤을 추듯 소리에 맞추어 유영했다. 물결의 움직임에 따라 고래와 점점 가까워지고 있었다.

이것이 정말 꿈일까? 꿈이라면 언젠가 현실이 되었으면……. 고래에게 이런 바다를 다시 선물해 줄 수 있다면…….

고래의 몸이 반짝 빛났고, 지안은 편안한 미소를 지었다.

| 봉그깅을 왜 할까요? |

한 사람 한 사람이 실천하는 작은 변화,
작은 변화들이 모여 만드는 큰 기적!

봉그깅은 줍다의 제주 말인 '봉그다'와 조깅을 하며 쓰레기를 줍는다는 뜻의 스웨덴어 '플로깅'이 합쳐진 말입니다. '디프다 제주' 멤버들과 제가 만든 말이지요. 디프다 제주는 제주에서 해양 쓰레기를 수거하는 청년 단체입니다.

디프다 제주의 멤버들은 SNS로 신청받은 자원봉사자들과 함께 제주도의 여러 해안에서 봉그깅을 진행하고 있어요. 또 '그린 다이빙'도 실시하는데 그린 다이빙을 통해 바닷속에 숨어 있는 쓰레기들을 줍고, 해양 생태계 보존을 위해 힘쓰고 있습니다. 사계절 내내 제주도의 바다를 지키고 있지요.

플라스틱 칫솔, 음료수 페트병, 폐그물, 스티로폼 조각 등 어마어마한 양의 쓰레기들 때문에 제주도의 바다가 몸살을 앓고 있어요. 제주도에 온 관광객들이 버리는 쓰레기도 있지만 육지에서 흘러 들어오는 쓰레기도 많답니다. 디프다 제주는 1년에 약 30만 톤 이상의 쓰레기를 줍습니다. 특히 사람이 버리는 쓰레

기들 때문에 아프거나 다치는 바다 동물들을 볼 때면 마음이 너무 아픕니다. 치워도 치워도 끝없는 쓰레기 때문에 지칠 때도 있지만, 저와 디프다 제주 멤버들은 제주도를 찾아오는 어린이들이 건강한 바다를 직접 보고, 바다의 소중함을 깨닫고, 또 바다를 사랑하게 되기를 바라며 힘을 냅니다.

　이제는 우리 모두 일회용 쓰레기를 줄이고 바다를, 자연을, 지구를 생각해야 할 때입니다. 지금 바로 여러분부터 시작해 보아요! 우리가 할 수 있는 일들이 많이 있어요! 지안이처럼 당장 빨대, 물티슈, 비닐과 같은 일회용 제품의 사용을 줄이고, 텀블러와 손수건을 사용해요. 꼭 필요한 물건만 구입하고, 쓰레기를 바르게 버리는 것도 중요해요. 또 제주도에 오면 엄마, 아빠와 함께 봉그깅 참여를 하는 것도 좋겠지요?

　작은 실천들이 모여 큰 기적을 이루는 그날까지, 디프다 제주 멤버들은 오늘도 제주도의 바다를 위해 더욱 힘을 낼 것입니다.

디프다 제주 대표

변수빈

| 작가의 말 |

절망이 아닌 희망을

태평양 가운데에서 점점 몸집을 키워 가는 쓰레기 섬에 대한 뉴스를 처음 보았을 때 느껴지는 것은 거대한 무력감과 절망이었습니다. 인간은 지금 이 순간에도 커다란 종말을 향해 전속력으로 달려가는 것 같았지요. 디프다 제주와 여러 활동가들의 행동은 언뜻 보기엔 조금 이상해 보였습니다. 아무리 치우고 치워도 다시 쌓이는 쓰레기의 속도를 이길 수는 없을 테니까요.

하지만 희망이란 효율성과는 상관없는 마음이었습니다. 다시 무너지고 쓰러지더라도 내가 할 수 있는 최선을 다하는 마음. 그 마음이 모이면 결국 찬란하고 아름다운 바다를 되살릴 수 있다고 이제는 믿게 되었어요.

어른들의 잘못 때문에 아픈 지구에서 살아가야 하는 어린이 여러분에게 사죄하는 마음으로 지안이 이야기를 만들었습니다. 다행인 것은, 자연은 마치 여러분처럼 강하고 너그럽다는 사실이에요. 여러분 마음속 작은 희망이 큰 기적을 만들 수 있기를 간절히 바랍니다.

글 작가 박소영

쓰레기가 작품이 되기까지

처음 이 책의 그림 작업 의뢰를 받았을 때 무척 기뻤습니다. 폐지를 모아 다양한 작품을 만들던 저의 활동과 디프다 제주의 활동이 맞닿아 있다고 생각했기 때문입니다.

그동안 쓰고 버려진 일회용 종이컵, 택배 상자, 골판지 등을 모아 작품을 만들어 왔고, 전시도 몇 차례 가졌습니다. 쓰레기를 더 이상 쓰레기라 생각하지 않고, 새로운 작품을 만드는 토대라 여겼기 때문입니다. 이것을 '업사이클링'이라고 하는데, 생활폐기물을 재가공하여 새로운 가치를 가진 상품으로 만드는 것을 뜻합니다. 이 책의 그림에도 그러한 생각을 담으려고 재활용 종이들을 바탕으로 삼았습니다. 그리고 쓰레기들처럼 인공적인 것은 직선으로, 파도나 해초, 물고기와 같은 자연물은 곡선으로 표현해 자연의 소중함을 강조했습니다.

어린이 여러분도 업사이클링을 실천할 수 있습니다. 오늘 내가 사용한 일회용 물건을 가지고 작품을 만들어 보세요. 쓰레기가 더 이상 쓰레기로만 보이지 않을 것입니다. 일회용 물건을 사용하지 않는 것이 가장 좋지만, 쓰레기를 제대로 버리고, 쓰레기를 바라보는 시각을 바꾸는 일도 중요합니다. 업사이클링 활동을 하며 환경을 생각하고, 나아가 지구를 생각하는 여러분이 되었으면 좋겠습니다.

그림 작가 배민호

| 추천하는 말 |

제주가 아름다운 섬으로 남기를

　남해 바다에서 태평양으로 나가는 바다에 제주도가 있습니다. 한라산과 오름, 곶자왈과 돌담, 동굴과 섬들, 다양한 동식물 등 제주는 '보물섬'이라는 말이 맞는 아름다운 섬입니다. 투명해서 바닷속까지 들여다보이는 제주 바다는 제주를 더욱 아름답게 만들어 줍니다.

　그런데 제주도 해안에 쓰레기들이 밀려오기 시작했습니다. 멀리 중국에서부터 우리나라 남서 해안에서 밀려온 쓰레기들이 해안과 바닷속을 더럽히고 있습니다. 바다를 보호해야 할 어부들까지 그물이랑 어구들을 마구 버리는 바람에 제주 바다는 병들어 가고 있지요. 그래서 제주 바다에서 자라던 해조류가 사라지고, 각종 물고기들이 자취를 감추고 있습니다. 머지않아 사람들도 병들겠지요.

　바다를 보호하기 위해 애쓰는 디프다 제주 멤버들과 자원봉사자들, 쓰레기를 보며 가슴 아파하는 지안이 같은 아이들이 많아지면 제주도는 다시 깨끗해질 겁니다. 아니, 생각만이 아니고 쓰레기 버리지 않기, 쓰레기 줍기를 실천하는 사람들이 많아지면 제주는 다시 아름다운 섬으로 남을 겁니다. 어린이 여러분, 도와주실 거죠? 제주도가 활짝 웃는 날까지.

제주에서 동화 작가

박재형